Manuel und Erik

Rennen um dein Herz

Alisa Kevano

*Dies ist eine frei erfundene Geschichte.
Ähnlichkeiten mit real existierenden Perso-
nen sind zufällig und nicht beabsichtigt.*

Inhaltsverzeichnis

Kapitel 1

Erik Müller stand am Rande der Rennstrecke, seine Augen fixierten die geschwungene Asphaltbahn, die sich wie ein glänzendes Band unter der Frühlingssonne erstreckte. Heute war kein gewöhnlicher Tag auf dem Rennkurs – es war das Qualifying für das Große Preisrennen, das Highlight seiner bisherigen Karriere.

Die Luft war erfüllt vom Geruch nach verbranntem Gummi und Benzin, eine Mischung, die in Eriks Adern genauso pulsierte wie das Adrenalin. Er schloss für einen Moment die Augen, atmete tief ein und ließ die Geräuschkulisse auf sich wirken – das ferne Dröhnen der Motoren, das gelegentliche Aufheulen, wenn ein Auto die Zielgerade überquerte.

In diesem Moment trat Marco Schmidt, Eriks Rivale, an ihn heran, ein spöttisches Lächeln auf den Lippen.

«Glaubst du wirklich, du hast eine Chance gegen mich, Müller?», spottete Marco. Seine Worte waren wie ein dunkler Schatten, der über Eriks Zuversicht fiel.

Erik drehte sich zu ihm, ein funkelnder Blick der Herausforderung in seinen Augen.

«Die Strecke entscheidet, Marco. Und unsere Fahrweise. Nicht dein großes Mundwerk.»

Adrian Richter, Eriks Manager und Mentor, legte beruhigend eine Hand auf Eriks Schulter.

«Konzentrier dich auf das Rennen, nicht auf seine Spielchen», mahnte er leise.

Erik drehte sich um und sah Adrian freundlich an.

«Ich werde nichts dem Zufall überlassen, Adrian. Das Rennen heute ist mehr als nur ein Rennen für mich. Es ist der Beweis, dass ich es an die Spitze schaffen kann.»

Adrian nickte zustimmend.

«Genau das will ich hören. Denk daran, die Scouts sind heute auch hier. Eine gute Zeit heute und wer weiß, vielleicht reden wir bald über einen Vertrag in der Formel 1.»

Das war alles, wovon Erik geträumt hatte. Sein Herz schlug schneller bei dem Gedanken, wirklich in die Weltelite aufzusteigen. Doch ein Teil von ihm wusste, dass der Weg dahin nicht einfach war. Der Druck, die Erwartungen, die ständige Notwendigkeit, sich zu beweisen – es war ein Pfad voller Herausforderungen.

Adrian, der selbst einst Rennfahrer war und wegen seine Karriere wegen einer unerwarteten Verletzung vorzeitig beenden musste, gab Erik Hoffnung.

«Ich sehe so viel von mir in dir. Ich weiß, wie es ist, an diesem Punkt zu stehen, voller Hoffnungen und Ängste. Glaub mir, du hast das Zeug dazu, ganz nach oben zu kommen.»

Während Erik sich auf den Weg zu seinem Rennwagen machte, ein glitzerndes, aerodynamisches Meisterwerk, das mehr wie ein Raumschiff als ein Auto aussah, spürte er eine seltsame Mischung aus Aufregung und Nervosität. Er wusste, dass heute alles passieren konnte. Aber er war bereit, alles zu geben, was er hatte.

In diesem Moment, mit dem Helm unter dem Arm und dem Blick fest auf die Strecke gerichtet, fühlte sich Erik lebendiger als je zuvor. Hier, am Rande des Asphalts, inmitten des Lärms und der Geschwindigkeit, war er genau dort, wo er hingehörte. Heute würde er der Welt zeigen, wer Erik Müller wirklich war.

Nicht weit entfernt von der glitzernden Welt des Rennsports, am Rande der

Rennstrecke, bemerkte Erik eine unerwartete Präsenz.

Ein junger Mann mit feurigen Augen und einer leidenschaftlichen Ausstrahlung stand da, seine Blicke waren auf das Treiben um ihn herum gerichtet, doch sein Interesse schien über den Rennsport hinauszugehen.

Erik konnte nicht umhin, seine Aufmerksamkeit auf diesen jungen Mann zu richten. Es war, als ob eine unsichtbare Kraft ihn zu diesem Fremden hinzog.

Der Fremde, der Erik bemerkte, schenkte ihm ein kurzes, aber strahlendes Lächeln. In diesem Moment fühlte sich Erik seltsam verbunden, eine Verbindung, die er nicht erklären konnte.

Seine Schwester Sophia, die zu ihm trat, folgte seinem Blick. «Wer ist das?», fragte sie leise.

«Keine Ahnung», antwortete Erik, sein Blick immer noch auf den Fremden gerichtet. «Aber irgendwas an ihm fasziniert mich.»

Sophia, die kürzlich ihre Leidenschaft für Umweltaktivismus entdeckt hatte, schaute noch einmal genauer hin.

«Ich glaube, das ist Manuel Fischer, ein bekannter Umweltaktivist. Er setzt sich für nachhaltige Praktiken im Motorsport ein. Er ist ziemlich beeindruckend.»

Erik nickte nachdenklich. Er hatte von Manuel gehört, wusste aber nicht viel über ihn.

Sophia, die Erik genau beobachtete, lächelte leicht. «Du siehst aus, als hättest du mehr als nur ein gewöhnliches Interesse an ihm», neckte sie sanft.

Erik zuckte mit den Schultern, versuchte aber, seine Neugierde zu verbergen. «Vielleicht… Er scheint nett zu sein. Auf der anderen Seite ist er bekannt für Demos und Aussagen gegen den Rennsport. Alles für die

Umwelt. Normale Autorennen gehören nicht dazu.»

«Ach, er hat da so einige innovative Ideen, was das betrifft. Vielleicht solltest du sie dir mal anhören.»

In diesem Moment, während Erik und Sophia sprachen, kam Manuel näher, sein Schritt entschlossen und sein Blick direkt auf Erik gerichtet.

«Erik Müller, nicht wahr? Ich habe viel über dich gehört. Du bist ein ausgezeichneter Fahrer.»

Erik, überrascht und erfreut über Manuels direkte Ansprache, erwiderte: «Danke. Und du bist Manuel Fischer, der Aktivist. Was bringt dich zu einem Motorsportevent?»

Manuel blickte Erik direkt an, seine Augen leuchteten vor Enthusiasmus.

«Ich glaube, es ist wichtig, dass wir im Rennsport auch über Nachhaltigkeit sprechen. Und wer könnte das besser als jemand, der direkt involviert ist?»

Erik, leicht überrascht von Manuels Direktheit, erwiderte: «Das ist wahr, aber es ist nicht gerade üblich, dass Rennfahrer sich um solche Themen kümmern.»

«Warum eigentlich nicht?», entgegnete Manuel. «Der Rennsport, wie jeder andere Bereich, muss sich den Herausforderungen der Nachhaltigkeit stellen. Wir können nicht in einer Blase leben.»

Erik nickte nachdenklich.

«Du hast recht. Aber es ist eine Herausforderung, diese Botschaft an die Leute zu bringen. Viele sehen uns nur als Rennfahrer, nicht als Botschafter für Umweltfragen.»

«Das ist genau der Punkt», sagte Manuel lebhaft. «Du bist in einer einzigartigen Position, um Einfluss auszuüben. Du kannst zeigen, dass Geschwindigkeit und Adrenalin nicht im Widerspruch zur Umweltverantwortung stehen müssen.»

Erik betrachtete Manuel einen Moment lang. «Ich muss zugeben, ich habe nie darüber nachgedacht, aber was du sagst, macht Sinn.»
Manuel lächelte.
«Siehst du? Es braucht nur jemanden, der den ersten Schritt macht. Und ich glaube, du könntest dieser Jemand sein, Erik.»
Erik spürte, wie etwas in ihm aufkeimte – eine Mischung aus Respekt und Neugier. Gleichzeitig klopfte sein Herz schneller. «Vielleicht hast du recht. Es ist definitiv etwas, worüber ich nachdenken sollte.»
Manuels Augen funkelten vor Begeisterung.
«Das freut mich zu hören. Du wirst sehen, es gibt so viel, was wir tun können.»
Sophia beobachtete die beiden Männer, wie sie miteinander sprachen, und spürte, wie zwischen ihnen eine sichtbare Chemie entstand. Sie lächelte bei

dem Gedanken, dass ihr Bruder vielleicht jemanden gefunden hatte, der ihn nicht nur herausforderte, sondern auch verstand.

Manuel verabschiedete sich schließlich, um sich einer Gruppe von Demonstranten anzuschließen, und Erik drehte sich unbewusst um, um ihm nachzusehen.

«Er ist interessant, nicht wahr?», sagte Sophia, als sie Eriks Blick bemerkte.

«Ja, das ist er», gab Erik zu, und ein Lächeln umspielte seine Lippen. «Sehr interessant.»

«Du und Manuel, hm? Das wäre eine faszinierende Kombination.»

Erik warf ihr einen schiefen Blick zu. «Sophia, konzentrier dich bitte. Heute ist ein wichtiger Tag für mich.»

Sie lachte.

«Natürlich, Bruderherz. Aber manchmal ist das Leben mehr als nur Rennen. Außerdem bist du es, der sich jetzt konzentrieren sollte.»

Als Erik sich auf den Weg zu seinem Auto machte, war sein Geist erfüllt von Gedanken an das bevorstehende Rennen, vermischt mit Bildern von Manuel. Es war eine seltsame Mischung aus beruflichem Fokus und persönlicher Neugierde, die ihn sowohl beunruhigte als auch aufregte.

Auf der Strecke zeigte Erik seine gewohnte Konzentration und Geschicklichkeit. Jede Runde war ein Beweis seines Talents und seiner Hingabe. Die Zuschauer jubelten, und Erik spürte, wie die Aufregung in ihm anstieg. Er war hier, um zu gewinnen, sowohl auf der Strecke als auch vielleicht in einem neuen, unerwarteten Bereich seines Lebens.

Nach dem Rennen, während er aus seinem Auto stieg, wurde Erik von Reportern umringt, die alle mehr über seine Leistung erfahren wollten. Mitten in den Interviews erblickte er Manuel am Rande der Menschenmenge.

Ihre Blicke trafen sich, und für einen kurzen Moment schien alles andere zu verblassen.

Erik entschuldigte sich höflich bei den Reportern und machte sich auf den Weg zu Manuel.

«Das war beeindruckend», sagte Manuel, als Erik näher kam. «Du bist wirklich gut.»

«Danke», erwiderte Erik, ein Lächeln auf seinen Lippen. «Es bedeutet mir viel, das von dir zu hören.»

Sie standen da, umgeben vom Lärm und der Hektik der Rennstrecke, aber in einem seltsamen Frieden miteinander. Es war, als ob sie eine eigene kleine Welt geschaffen hätten, in der nur ihre Worte und Gedanken existierten.

«Ich… ich würde gerne mehr über deine Arbeit erfahren», sagte Erik zögerlich. «Vielleicht könnten wir irgendwann mal Kaffee trinken gehen?»

Manuel sah ihn überrascht, aber erfreut an. «Das würde ich sehr gerne», antwortete er. «Ich freue mich darauf, mehr über dich zu erfahren, Erik Müller.»

Kapitel 2

Nach dem Rennen war Erik voller Adrenalin. Der Jubel der Menge hallte in seinen Ohren nach, während er sich auf den Weg zu seinem Umkleideraum machte. Er spürte eine tiefe Zufriedenheit über seine Leistung, aber seine Gedanken waren auch bei Manuel und dem bevorstehenden Treffen.
In der Zwischenzeit, in einem anderen Teil der Rennstrecke, war Marco Schmidt in ein hitziges Gespräch mit einem seiner Techniker vertieft. «Müller gewinnt zu viel Aufmerksamkeit», knurrte er. «Wir müssen sicherstellen, dass er versteht, dass dies meine Welt ist. Er darf sich nicht zu sicher fühlen.»
Sophia betrat Eriks Umkleideraum.
«Das war unglaublich, Erik! Du hast sie alle übertroffen.»

Erik lächelte zurück, aber sein Lächeln verblasste schnell, als er an Marcos Worte auf der Rennstrecke dachte.

«Danke, Sophia. Aber ich glaube, Marco plant etwas. Ich spüre, dass er nicht einfach aufgeben wird.»

Sophia sah ihren Bruder besorgt an. «Pass auf dich auf, Erik. Marco spielt nicht fair.»

Erik nickte und versuchte, seine Besorgnis zu verbergen. Er wollte den Moment des Sieges genießen, aber die Schatten der Bedrohung lagen schwer auf ihm. Er entschied sich, seine Sorgen für den Moment beiseitezuschieben. Es gab etwas Wichtigeres, worauf er sich freute – das Treffen mit Manuel.

«Ich habe übrigens ein Date», sagte er grinsend zu Sophia.

«Ein Date? Sag bloß, du hast dich mit Manuel verabredet?»

Erik nickte.

«Natürlich nur, um mehr über seine Ideen zum Umweltschutz im Rennsport zu erfahren», sagte er.

Sophia grinste.

«Na klar, kleiner Bruder, red dir das nur ein.»

Lachend ging sie aus der Umkleide.

Einige Tage nach dem Rennen fanden sich Erik und Manuel in einem gemütlichen Café wieder, umgeben von dem leisen Murmeln anderer Gäste und dem Duft frisch gebrühten Kaffees. Es war ihr erstes Treffen außerhalb der hektischen Atmosphäre der Rennstrecke, und beide waren sichtlich gespannt darauf, einander besser kennenzulernen.

«Ich habe nie jemanden aus dem Rennsport getroffen, der sich für Umweltthemen interessiert», begann Manuel das Gespräch. «Was hat dich dazu gebracht, dich damit zu beschäftigen?»

Erik lehnte sich zurück und überlegte.

«Ehrlich gesagt, habe ich mir nie viel Gedanken darüber gemacht. Aber meine Schwester Sophia, die ist schon seit einer Weile dabei, es mir schmackhaft zu machen, dass man überall etwas für die Umwelt tun kann. Nur weil wir schnelle Autos fahren, können wir Rennfahrer ja trotzdem umweltbewusst denken.»

Manuel lächelte, berührt von Eriks Worten. «Das freut mich zu hören. Wir brauchen mehr Menschen wie dich, die bereit sind, Veränderungen herbeizuführen.»

Während sie sprachen, entdeckte Erik neue Seiten an Manuel – seine Leidenschaft für den Umweltschutz, seine tiefgründigen Ansichten und seine Fähigkeit, andere zu inspirieren. Er fand sich zunehmend von Manuels Charisma und Intellekt angezogen.

Manuel seinerseits war fasziniert von Eriks Hingabe an seinen Sport und seiner Offenheit, neue Perspektiven zu erkunden.

«Du könntest eine wichtige Stimme für den umweltbewussten Motorsport sein», sagte Manuel. «Deine Plattform könnte so viel bewirken.»

Erik nickte nachdenklich. «Ich denke, du hast recht. Ich möchte mehr tun, als nur Rennen zu fahren. Ich möchte einen Unterschied machen.»

Nach ihrem Treffen im Café waren Erik und Manuel häufiger in Kontakt, oft verbrachten sie Stunden damit, über verschiedene Themen zu sprechen – von Umweltschutz bis hin zu ihren persönlichen Träumen und Herausforderungen. Mit jedem Treffen wuchsen ihre emotionale Nähe und das gegenseitige Verständnis.

Eines Abends, nach einem gemeinsamen Spaziergang durch einen ruhigen Park, standen sie an Eriks Auto, zögerten den Abschied hinaus. Die Straßenlaternen warfen ein sanftes

Licht auf ihre Gesichter, und ein leichter Wind wehte durch die Bäume.

«Ich hätte nie gedacht, dass ich jemanden wie dich treffen würde», gestand Erik, während er tief in Manuels Augen blickte.

Manuel ergriff Eriks Hand. «Und ich hätte nie erwartet, dass jemand aus deiner Welt meinen Ideen so offen gegenübersteht.»

In diesem Moment, getrieben von einer spontanen Regung des Herzens, beugte Erik sich vor und küsste Manuel sanft. Es war ein Moment der Offenbarung, ein Versprechen von etwas Neuem und Aufregendem. Manuel erwiderte den Kuss, und in der Stille der Nacht fühlten sie beide, dass dies der Beginn von etwas Besonderem war.

Währenddessen beobachtete Marco Schmidt die beiden aus der Ferne. Er hatte Erik und Manuel verfolgt, getrieben von Eifersucht und Wut. Als er den

Kuss sah, verfestigte sich sein Entschluss, gegen Erik vorzugehen.

«Das hab ich mir gedacht, Müller. Eben doch ein Weichei. Und dann lässt der sich auch noch von einem Kerl befummeln. Wird Zeit, was gegen ihn zu unternehmen», murmelte er düster.

In den folgenden Tagen intensivierte Marco seine Bemühungen, Eriks Karriere zu sabotieren. Er nutzte seine Verbindungen und seinen Einfluss im Motorsport, um Zweifel an Eriks Fähigkeiten und seiner Hingabe zum Sport zu säen.

Er teilte subtil kritische Kommentare und Artikel auf seinen sozialen Medien, die Eriks Engagement für den Umweltschutz in Frage stellten und andeuteten, dass dies seine Konzentration und Leistung auf der Rennstrecke beeinträchtigen könnte.

Außerdem teile er Fotos von alten Rennautos mit leistungsstarken Motoren und bemerkte, dass ein E-Auto nie-

mals mit einem Verbrenner mithalten
könne. Die Umwelt zu schützen und
gleichzeitig Autorennen zu fahren sei
eben nicht möglich.

Erik spürte den wachsenden Druck
nicht nur auf der Rennstrecke, sondern
auch online. Jedes Mal, wenn er seine
sozialen Medien überprüfte, fand er
sich konfrontiert mit feindseligen
Kommentaren und geteilten Beiträgen,
die Marcos Gerüchte unterstützten.

Trotzdem war er entschlossen, sich
nicht unterkriegen zu lassen. Er postete
seine eigenen Nachrichten, die seine
Hingabe und Leidenschaft für den
Rennsport betonten, sowie Fotos und
Updates von seiner Zusammenarbeit
mit Manuel, um die positive Seite
seiner Bemühungen zu zeigen.

Er spürte auch die feindseligen Blicke
einiger Kollegen, aber er war entschlossen, sich nicht unterkriegen zu lassen.
Er hatte jetzt einen noch wichtigeren
Grund, stark zu bleiben – seine Bezie-

hung zu Manuel und das, wofür sie gemeinsam standen.

Die Spannungen auf der Rennstrecke und in der digitalen Welt wuchsen, als Marcos Gerüchte und Intrigen zunehmend an Boden gewannen. Erik, der bisher von seinen Kollegen und Fans gefeiert wurde, begann eine Kälte und Distanz zu spüren, sowohl persönlich als auch online.

Dennoch hielt er an seinem Weg fest, unterstützt von Manuels unerschütterlicher Zuversicht und Sophias ermutigenden Worten. Sophia selbst wurde aktiv in den sozialen Medien, verteidigte Erik und stellte klare Fakten gegen die falschen Anschuldigungen, um die öffentliche Meinung zu beeinflussen.

Eines Tages, nach einem anstrengenden Training, konfrontierte Erik Marco direkt in der Boxengasse.

«Was versuchst du zu erreichen, Marco? Deine Spiele bringen niemanden weiter», sagte Erik, seine Stimme fest, aber kontrolliert.

Marco, überrascht von Eriks Konfrontation, versuchte, seine wahren Motive zu verbergen. «Ich mache nur, was für den Sport am besten ist, Müller. Ich sorge dafür, dass die Besten gewinnen.»

Erik durchschaute jedoch Marcos Fassade. «Es geht dir nicht um den Sport. Es geht dir um dich und deine Vorurteile.»

Die Spannung zwischen ihnen war greifbar, und einige der Teammitglieder und Techniker blieben stehen, um zuzusehen. Erik wusste, dass er auf dünnem Eis wandelte, aber er konnte Marcos Verhalten nicht länger ignorieren.

In dieser Nacht trafen sich Erik und Manuel in einem kleinen, abgeschiedenen Restaurant. Die Atmosphäre war ruhig und intim, ein perfekter Ort, um die Ereignisse des Tages zu besprechen und sich näher kennenzulernen.

«Ich hasse es, wie Marco versucht, alles zu manipulieren», gestand Erik, während er nachdenklich in seinen Kaffee blickte. «Es macht mich wütend, aber auch unsicher.»

Manuel nickte verständnisvoll. «Es ist nicht leicht, sich solchen Herausforderungen zu stellen. Aber du bist nicht allein. Ich bewundere deinen Mut, dich ihm entgegenzustellen.»

Erik sah Manuel an, dankbar für seine Unterstützung. «Danke, Manuel. Es bedeutet mir viel, dass du mir zuhörst. Ich fühle mich, als könnten wir uns wirklich aufeinander verlassen, selbst in dieser kurzen Zeit.»

«Ja, das Gefühl habe ich auch», erwiderte Manuel mit einem warmen Lächeln. «Es ist selten, jemanden zu finden, mit dem man so offen sprechen kann.»

Kapitel 3

Einige Wochen waren vergangen, seit Erik und Manuel begonnen hatten, Zeit miteinander zu verbringen. Ihre Beziehung entwickelte sich langsam, aber stetig, und mit jedem Treffen lernten sie mehr übereinander – ihre Hoffnungen, Ängste und Träume.

Erik hatte begonnen, sich aktiv für Umweltfragen zu interessieren, beeinflusst von Manuels Leidenschaft und Engagement. Er las Bücher über nachhaltige Technologien und nahm an Diskussionsrunden teil, die Manuel organisierte. Diese neuen Erfahrungen öffneten ihm die Augen für Themen, die über die Welt des Motorsports hinausgingen.

Manuel seinerseits fand in Erik eine Quelle der Inspiration. Er bewunderte Eriks Entschlossenheit auf der Rennstrecke und seine Bereitschaft, neue

Perspektiven anzunehmen. Manuel begann, Rennveranstaltungen zu besuchen, um Erik zu unterstützen, und entdeckte eine neue Wertschätzung für den Sport.

Eines Abends, nach einem gemeinsamen Besuch einer Umweltkonferenz, spazierten sie durch die Stadt. Die Straßen waren ruhig, und die kühle Nachtluft war eine angenehme Erleichterung nach dem langen Tag.

«Ich hätte nie gedacht, dass ich eines Tages so sehr in Umweltthemen involviert sein würde», sagte Erik, während sie nebeneinander hergingen. «Du hast meine Sichtweise wirklich verändert, Manuel.»

Manuel sah ihn an und lächelte. «Und ich hätte nie erwartet, dass ich einmal jemanden aus dem Rennsport so sehr bewundern würde. Du überraschst mich immer wieder, Erik.»

In diesem Moment hielt Erik inne und sah Manuel direkt an.

«Weißt du», begann er zögernd, «ich glaube, ich… »

Bevor er den Satz beenden konnte, legte Manuel sanft einen Finger auf Eriks Lippen. «Du musst nichts sagen, Erik. Ich fühle es auch.»

Während sich Erik und Manuel emotional näher kamen, nahm der Druck auf der Rennstrecke zu. Marcos subtile Sticheleien und Intrigen hatten einen Höhepunkt erreicht, und Erik fand sich zunehmend isoliert von seinen Teamkollegen.

Erik versuchte, sich nicht unterkriegen zu lassen, aber die wachsende Spannung begann, seine Leistung zu beeinflussen. Sophia, die seine Kämpfe beobachtete, sprach ihre Bedenken aus: «Erik, du musst aufpassen. Marco spielt ein gefährliches Spiel. Ich möchte nicht, dass du dabei Schaden nimmst.»

«Ich weiß», antwortete Erik. «Aber ich kann jetzt nicht aufgeben. Ich muss für das einstehen, was ich glaube, und für… »

Er hielt inne, zögerte, seine Gefühle für Manuel zu offenbaren.

Sophia sah ihn verständnisvoll an. «Für Manuel?»

Erik nickte, ein zögerliches Lächeln auf seinen Lippen. «Ja, für Manuel. Er hat mir eine neue Welt eröffnet, und ich will ihn nicht enttäuschen.»

In der Zwischenzeit traf sich Manuel mit Professor Jürgen Weber, einem renommierten Umweltwissenschaftler und seinem Mentor, um Rat und Unterstützung zu suchen. «Ich mache mir Sorgen um Erik», gestand Manuel. «Marco macht ihm das Leben schwer, und ich weiß nicht, wie ich helfen kann.»

Professor Weber nickte nachdenklich. «Es ist eine schwierige Situation, aber du musst Erik unterstützen, wo du kannst. Eure Verbindung ist etwas

Besonderes, und gemeinsam könnt ihr diese Herausforderung überwinden.»
Manuel fühlte sich durch Webers Worte gestärkt und entschlossen, Erik in jeder möglichen Weise zu unterstützen.
In den folgenden Tagen wurde Erik immer mehr in den Strudel der Spannungen und Unsicherheiten hineingezogen, die Marco auf der Rennstrecke schürte. Die Atmosphäre im Team war angespannt, und Erik spürte, dass einige seiner Kollegen begannen, an ihm zu zweifeln.
Während einer Trainingssitzung, nach einem besonders harten Tag, suchte Erik Trost und Rat bei Manuel. Sie trafen sich in einem abgelegenen Teil des Parks, weg von den Blicken der Öffentlichkeit.
«Manchmal frage ich mich, ob es das alles wert ist», gestand Erik, während sie auf einer Bank saßen, die Blätter der Bäume rauschten sanft im Wind. «Der Druck, die Intrigen, die Einsamkeit.»

Manuel sah ihn ernst an.

«Erik, du darfst dich nicht unterkriegen lassen. Du bist stärker, als du denkst. Und du bist nicht allein.» Er nahm Eriks Hand in seine, ein Akt der Solidarität und Unterstützung.

Erik sah in Manuels Augen und fand dort einen Anker inmitten des Sturms, der ihn umgab. «Danke, Manuel. Deine Worte bedeuten mir alles.»

Sie verbrachten einige Zeit in Stille, fanden Trost in der gegenseitigen Nähe. Für Erik war es ein Moment der Klarheit – trotz der Herausforderungen auf der Rennstrecke war das, was er mit Manuel teilte, etwas, das ihm Kraft gab.

In den Tagen darauf konzentrierte Erik sich auf sein Training, fest entschlossen, sich von Marcos Aktionen nicht unterkriegen zu lassen.

Mit Manuel an seiner Seite fand er die Stärke, sich den Herausforderungen zu stellen und sich auf das zu konzent-

rieren, was er am besten konnte –
Rennen fahren.

Sophia, die Eriks und Manuels wachsende Beziehung beobachtete, war beeindruckt von der positiven Veränderung in ihrem Bruder. Sie hatte Erik noch nie so engagiert und emotional offen gesehen.

«Du wirkst glücklicher, Erik», sagte sie eines Tages, als sie zusammen im Café saßen.

Erik lächelte und nickte. «Ja, das bin ich. Manuel hat mir so viel über mich selbst und über das Leben außerhalb des Rennsports gezeigt.»

In der Zwischenzeit arbeitete Manuel an einem neuen Projekt, das darauf abzielte, Nachhaltigkeit im Motorsport zu fördern. Er lud Erik ein, Teil dieses Projekts zu sein, was Erik mit Begeisterung annahm. Es war eine Gelegenheit, seine Liebe zum Rennsport mit seinem neuen Engagement für die Umwelt zu verbinden.

Als das Projekt Gestalt annahm, erkannte Erik, dass er eine Plattform hatte, um einen echten Unterschied zu machen. Er begann, öffentlich über die Bedeutung von Nachhaltigkeit im Motorsport zu sprechen, unterstützt von Manuel und Sophia. Seine Botschaft fand Anklang bei Fans und Kollegen, und langsam begannen sich die Meinungen zu ändern.

Marco beobachtete Eriks wachsenden Einfluss mit Missfallen, aber Erik ließ sich nicht mehr beirren. Er hatte gelernt, dass wahre Stärke aus der Überwindung von Herausforderungen und der Unterstützung der Menschen, die er liebte, entstand.

Kapitel 4

In den sonst so lauten Hallen des Rennstalls, umgeben von dem sanften Glanz polierter Rennwagen, stand Marco Schmidt, sein Blick durchdringend und finster. Er lehnte sich gegen einen der Wagen, die Finger trommelten ungeduldig auf dem glänzenden Metall. Neben ihm stand Thomas, sein langjähriger Vertrauter und Techniker, dessen Gesichtsausdruck eine Mischung aus Sorge und Loyalität zeigte.

«Siehst du nicht, Thomas? Seit Erik und dieser Aktivist, Manuel, sich zusammengeschlossen haben, ändert sich alles», sagte Marco, seine Stimme kaum mehr als ein giftiges Flüstern. «Sie reden von Veränderung, von Nachhaltigkeit, als ob sie die Welt retten könnten. Aber was sie wirklich tun, ist, den Geist des Rennsports zu zerstören.»

Thomas, ein Mann mittleren Alters mit wettergegerbter Haut und einer ruhigen Art, blickte Marco direkt an.

«Marco, ist es nicht einfach nur Neid? Erik ist ein talentierter Fahrer, und seine Bemühungen um Nachhaltigkeit… sie könnten gut für uns alle sein.»

Marco schnaubte verächtlich, seine Augen verdunkelten sich mit Erinnerungen an vergangene Zeiten, als er unangefochten an der Spitze stand. «Neid? Nein, Thomas. Es geht um Prinzipien. Und um Respekt. Um das, was ich über Jahre aufgebaut habe, und was dieser Neuling, Erik, mit seinen idealistischen Vorstellungen zu zerstören droht. Und diese Beziehung zu Manuel – das ist einfach nur… widerwärtig.»

Thomas schwieg einen Moment und sah Marco nachdenklich an.

«Aber was willst du tun, Marco? Wir sind hier, um Rennen zu fahren, nicht um persönliche Fehden auszutragen.»

Marco stand da, seine Fäuste ballten sich unbewusst, als er die Worte aussprach. Seine Augen brannten mit einer Intensität, die Thomas selten bei ihm gesehen hatte.

«Ich werde alles tun, was nötig ist, Thomas. Erik Müller muss gestoppt werden, bevor er alles, woran ich glaube und wofür ich gekämpft habe, zerstört», sagte er, seine Stimme zitternd vor einer Mischung aus Wut und einer Spur von Angst.

Thomas, der Marco schon seit Jahren kannte und mit ihm zusammengearbeitet hatte, sah ihn besorgt an. Er trat einen Schritt näher, seine Stimme war ruhig, aber bestimmt.

«Marco, ich verstehe deinen Ärger, aber das ist nicht der Weg. Wir sind hier, um zu fahren, um zu konkurrieren, nicht um uns zu zerstören. Was du vorhast, könnte nicht nur Erik schaden, sondern uns allen.»

Marco wandte sich ab, sein Blick starr auf die glänzenden Pokale in der Vitrine gerichtet.

«Du verstehst das nicht, Thomas. Es geht um mehr als nur das Rennen. Es geht darum, unsere Traditionen, unseren Sport zu bewahren. Erik und seine Ideen… sie sind eine Bedrohung. Autorennen ist ein richtiger Männersport und das sollte so bleiben.»

Thomas legte eine Hand auf Marcos Schulter, ein Versuch, seinen Freund zu beruhigen.

«Marco, der Sport verändert sich, genau wie die Welt um uns herum. Wir können nicht in der Vergangenheit leben. Erik mag neue Ideen haben, aber ist das nicht auch eine Chance, etwas zu lernen, uns anzupassen?»

Marco schüttelte Thomas' Hand ab, seine Augen funkelten trotzig.

«Anpassen? Nein, Thomas. Manche Dinge sollten sich nicht ändern. Und ich werde alles tun, um sicherzustellen, dass sie es nicht tun.»
Thomas sah Marco nachdenklich an.
«Pass auf, dass du dich dabei nicht selbst verlierst, Marco. Hass und Rache sind gefährliche Wege. Sie führen oft nicht dahin, wo wir hinwollen.»
Marco antwortete nicht.
Unterdessen, in Eriks Wohnung, saß Sophia auf dem Sofa und blätterte durch einige Rennmagazine, als Erik eintrat. Sein Gesicht war müde, aber seine Augen leuchteten vor Entschlossenheit.
Sophia legte das Magazin beiseite und sah ihren Bruder an. «Du siehst erschöpft aus, Erik. Ist alles in Ordnung?»
Erik setzte sich neben sie und seufzte.
«Ich weiß nicht, Sophia. Es ist alles so kompliziert geworden. Die ganze Situ-

ation mit Marco... er scheint mich mehr als je zuvor zu hassen.»

Sophia nahm seine Hand. «Ich habe es auch bemerkt. Sein Verhalten auf der Strecke, die Art, wie er über dich und Manuel spricht... Ich mache mir Sorgen, Erik.»

Erik nickte langsam.

«Ich weiß. Aber ich kann jetzt nicht aufgeben. Nicht, wenn es so viel auf dem Spiel steht – für den Motorsport, für die Umwelt, für mich und Manuel.»

Sophia sah ihren Bruder fest an.

«Erik, du bist mutig und stark. Aber sei vorsichtig. Marco ist nicht der Typ, der sich einfach so geschlagen gibt.»

Erik lehnte sich zurück und schloss die Augen.

«Ich weiß, Sophia. Aber was immer auch passiert, ich werde nicht zulassen, dass sein Hass und seine Vorurteile gewinnen.»

Nach einem langen Tag auf der Rennstrecke beschloss Erik, den Abend bei

Manuel zu verbringen. Er brauchte die Ruhe und den Trost, den Manuels Gesellschaft ihm bot. Die Sonne senkte sich bereits am Horizont, als Erik an Manuels Tür klopfte.

Manuel öffnete die Tür, sein Gesicht erhellte sich beim Anblick Eriks. «Ich hatte gehofft, du würdest vorbeikommen», begrüßte er ihn mit einem warmen Lächeln.

Das Wohnzimmer war gemütlich, mit sanfter Beleuchtung und leiser Musik im Hintergrund. Sie setzten sich nebeneinander auf das Sofa, eine angenehme Stille zwischen ihnen.

Erik begann, von seinem Tag zu erzählen, von den Spannungen mit Marco und den Herausforderungen, die sein Engagement für den umweltfreundlichen Motorsport mit sich brachte. Manuel hörte aufmerksam zu, seine Hand gelegentlich beruhigend auf Eriks Arm legend.

«Du hast wirklich viel um die Ohren»,
sagte Manuel, als Erik zu Ende gesprochen hatte. «Aber weißt du, was ich an
dir bewundere? Deine Fähigkeit, trotz
allem an deine Überzeugungen zu
glauben.»
Erik schaute Manuel an, berührt von
dessen Empathie. In diesem Moment,
nur durch das flackernde Kerzenlicht
und die leise Musik begleitet, fühlte
Erik eine tiefe Verbindung zu Manuel.
Es war, als ob ihre Herzen im gleichen
Takt schlugen.
Langsam, fast zögerlich, neigte sich
Erik zu Manuel. Ihre Blicke waren
ineinander verankert, als ihre Lippen
sich in einem sanften, vorsichtigen Kuss
trafen. Es war ein Kuss, der Zuneigung
und ein wachsendes Verständnis füreinander ausdrückte – ein Versprechen
der Nähe in einer Welt voller Unsicherheiten.
Als sie sich voneinander lösten, blieb
eine Spannung in der Luft, eine

Mischung aus Aufregung und neu ent-
deckter Intimität.

«Manuel», flüsterte Erik, «es gibt niemanden, mit dem ich diese Momente
lieber teilen würde.»

Manuel lächelte und strich Erik sanft
über das Haar.

«Und ich könnte mir keinen besseren
Menschen an meiner Seite vorstellen.»

Der Rest des Abends verlief in einer
warmen Atmosphäre, gefüllt mit
Gesprächen, Lachen und stillen
Momenten der Nähe. Als die Nacht
hereinbrach, bot Manuel an, dass Erik
bleiben könnte, und Erik nahm das
Angebot gerne an.

Sie verbrachten die Nacht zusammen,
eingehüllt in eine Atmosphäre der
Geborgenheit und des gegenseitigen
Verständnisses.

In den folgenden Wochen fanden Erik
und Manuel sich inmitten einer Serie
von Veranstaltungen wieder, die sich
auf Umweltbewusstsein im Motorsport

konzentrierten. Diese Ereignisse boten ihnen eine Plattform, um ihre gemeinsamen Ziele zu fördern und ihre Bindung zu stärken.

Eines Nachmittags, nach einer besonders erfolgreichen Konferenz, in der sie über nachhaltige Technologien im Rennsport gesprochen hatten, trafen sich Erik, Manuel und Adrian, Eriks Manager, in einem ruhigen Café.

Adrian betrachtete die beiden Männer nachdenklich.

«Ihr beide habt wirklich etwas Besonderes aufgebaut», begann er. «Es ist beeindruckend, wie ihr das Thema Umweltschutz in den Vordergrund rückt.»

Erik nickte, ein Lächeln auf den Lippen.

«Es fühlt sich richtig an, Manuel an meiner Seite zu haben. Wir ergänzen uns gut.»

Manuel stimmte zu, seine Augen leuchteten vor Begeisterung.

«Diese Veranstaltungen zeigen, dass wir auf dem richtigen Weg sind. Es ist erstaunlich zu sehen, wie viele Menschen sich für nachhaltigen Motorsport interessieren.»

Sie sprachen über Marco, der in letzter Zeit auffallend abwesend war.

«Ich habe das Gefühl, Marco hat sich etwas zurückgezogen», bemerkte Erik. «Es scheint, als hätte er seine Angriffe gegen mich eingestellt.»

Adrian runzelte die Stirn.

«Es könnte sein, dass er seine Taktik ändert. Marco ist unberechenbar. Aber lasst uns nicht vergessen, warum wir hier sind. Ihr macht eine hervorragende Arbeit, die Aufmerksamkeit auf wichtige Themen zu lenken. Lasst euch nicht von ihm ablenken.»

Erik und Manuel nickten zustimmend.

Es war beruhigend zu wissen, dass sie Adrian an ihrer Seite hatten, einen Verbündeten, der sowohl das Geschäft als auch die persönlichen Aspekte des Rennsports verstand.

In den darauffolgenden Tagen nahmen Erik und Manuel an verschiedenen Workshops und Diskussionsrunden teil. Sie teilten ihre Visionen und Ideen mit einem wachsenden Publikum, das von ihrer Leidenschaft und ihrem Engagement beeindruckt war.

Ihre Beziehung entwickelte sich weiter, als sie gemeinsam arbeiteten und ihre Gedanken und Hoffnungen für die Zukunft des Rennsports austauschten.

Eines Abends, nach einem langen Tag auf einer Umweltausstellung, saßen sie erschöpft, aber zufrieden in Manuels Wohnung. Umgeben von Unterlagen und Notizen, lächelten sie sich an.

«Wir sind ein gutes Team, nicht wahr?», sagte Manuel, während er eine Hand auf Eriks legte.

Erik ergriff Manuels Hand und drückte sie sanft.

«Das beste. Ich hätte mir nie träumen
lassen, dass ich jemanden wie dich treffen würde, der meine Leidenschaft für
den Rennsport und den Umweltschutz
teilt.»
Die Wochen vergingen, und Erik und
Manuel waren unermüdlich dabei, ihre
Botschaft über nachhaltigen Motorsport
zu verbreiten.
An einem kühlen Abend nach einer
Diskussionsrunde, die besonders gut
verlaufen war, saßen Erik und Manuel
in einem kleinen Restaurant, um ihren
Erfolg zu feiern. Im Lokal war es ruhig,
die Beleuchtung war gedämpft und es
hatte eine angenehme Atmosphäre, die
perfekt für tiefgründige Gespräche war.
Während sie dort saßen, umgeben von
dem sanften Schimmern von Kerzenlicht, blickte Erik über den Tisch und
ergriff Manuels Hand.
«Weißt du, Manuel, in all den Jahren im
Rennsport habe ich nie jemanden
getroffen, der mich so versteht wie du.

Du hast mein Leben in so vielerlei Hinsicht bereichert.»

Manuel lächelte sanft und drückte Eriks Hand.

«Und du hast mir gezeigt, dass es möglich ist, Leidenschaft und Prinzipien zu vereinen. Du hast mir eine neue Welt im Motorsport eröffnet.»

Erik blickte nachdenklich in die Ferne, bevor er antwortete.

«Ich hätte das alles ohne dich nicht erreicht, Manuel. Du hast mich inspiriert, über das Rennen hinaus zu denken.»

Manuel nickte und sein Blick wurde träumerisch.

«Stell dir vor, Erik, was wir zusammen erreichen könnten. Wir könnten eine Initiative gründen, die junge Talente im umweltfreundlichen Motorsport fördert.»

Eriks Augen funkelten bei dem Gedanken.

«Das wäre unglaublich. Wir könnten Workshops und Trainingsprogramme anbieten, vielleicht sogar Stipendien für die vielversprechendsten Fahrer.»

«Genau», erwiderte Manuel begeistert. «Wir könnten Partnerschaften mit Schulen und Universitäten aufbauen. Es gibt so viele junge Menschen da draußen, die nur darauf warten, entdeckt zu werden und die gleiche Leidenschaft für den Rennsport und die Umwelt haben wie wir.»

Erik nickte zustimmend.

«Ich sehe es schon vor mir – eine neue Generation von Fahrern, die nicht nur, um die Schnellsten zu sein wetteifern, sondern auch um die Klügsten und Nachhaltigsten.»

Manuel lachte.

«Das wird eine Herausforderung, aber ich bin bereit, sie mit dir anzugehen. Zusammen können wir wirklich etwas bewegen.»

Erik sah Manuel direkt an, ein entschlossener Ausdruck auf seinem Gesicht.

«Lass uns das machen, Manuel. Lass uns die Zukunft des Motorsports neu definieren.»

Beide lächelten, ihre Augen leuchteten bei dem Gedanken an die Möglichkeiten, die vor ihnen lagen, erfüllt von Optimismus und Entschlossenheit.

Als das Restaurant zumachte, bot Manuel an, dass Erik die Nacht bei ihm verbringen könnte. Erik nahm das Angebot gerne an, freudig über die Aussicht, mehr Zeit mit Manuel zu verbringen. Sie verließen das Restaurant und machten sich auf den Weg zu Manuels Wohnung, die Straßen still und friedlich unter dem Sternenhimmel.

In Manuels Wohnung angekommen, ließen sie sich auf das Sofa fallen, eng aneinandergelehnt, die Müdigkeit des Tages hinter sich lassend. Sie sprachen noch eine Weile, bevor sie in ein angenehmes Schweigen verfielen, jeder in den Gedanken des anderen versunken.

Schließlich standen sie auf und bereiteten sich auf die Nacht vor. Als sie sich ins Bett legten, war von Unsicherheit keine Spur. Sie küssten einander innig und erkundeten zärtlich gegenseitig ihre Körper. In dieser Nacht teilten sie nicht nur ein Bett, sondern auch ihre Träume und Hoffnungen für die Zukunft.

Erik schlief ein, beruhigt durch Manuels gleichmäßigen Atemzug und das Gefühl der Nähe. Er wusste, dass die kommenden Herausforderungen nicht leicht sein würden, aber mit Manuel an seiner Seite fühlte er sich bereit, sie zu meistern.

Kapitel 5

Die Vorbereitungen für das innovative umweltfreundliche Rennen, das Erik und Manuel gemeinsam organisierten, liefen auf Hochtouren. In einem hellen Konferenzraum, umgeben von Plänen, Modellen und Skizzen, diskutierten sie mit einem Team von Ingenieuren, Marketingexperten und Rennveranstaltern die letzten Details.

Erik, voller Energie und Begeisterung, breitete eine große Karte der Rennstrecke aus.

«Wir müssen sicherstellen, dass jeder Aspekt dieses Rennens perfekt durchdacht ist», sagte er. «Es geht nicht nur um die Geschwindigkeit und Effizienz der Fahrzeuge, sondern auch darum, eine Botschaft zu senden.»

Manuel, der eine Liste potenzieller Sponsoren durchging, nickte zustimmend.

«Genau. Wir brauchen eine starke Präsenz in den Medien. Das Rennen soll zeigen, dass Nachhaltigkeit und Hochleistungssport Hand in Hand gehen können.»

Die Diskussion wandte sich den technischen Herausforderungen zu – von der Sicherstellung der Ladeinfrastruktur für Elektrofahrzeuge bis hin zur Koordination der Logistik. Erik und Manuel arbeiteten Hand in Hand, um jede Hürde zu meistern.

Inmitten dieser geschäftigen Vorbereitungen bemerkte Erik, dass von Marco überraschend wenig zu hören war.

«Es ist merkwürdig», sagte er zu Manuel, während sie eine Pause einlegten. «Marco scheint sich völlig zurückgezogen zu haben. Ich hätte erwartet, dass er gegen dieses Rennen Stellung bezieht.»

Manuel sah nachdenklich aus.

«Vielleicht hat er eingesehen, dass er nichts dagegen ausrichten kann. Oder er plant etwas anderes. Wie auch immer, wir sollten uns auf unsere Ziele konzentrieren und nicht von ihm ablenken lassen.»

Erik nickte, obwohl er ein unbestimmtes Gefühl der Unruhe nicht abschütteln konnte. «Du hast recht. Wir haben hier die Chance, etwas wirklich Bedeutendes zu schaffen.»

Einige Tage später fand ein großes Planungstreffen statt, an dem Erik, Manuel, sowie verschiedene Gruppen und Organisationen teilnahmen. Es war ein wichtiger Schritt, um das Rennen nicht nur als sportliches Event, sondern auch als ein Symbol für ökologische Innovation und Verantwortung zu positionieren.

In einem geräumigen Konferenzraum, mit Blick auf die imposante Rennstrecke, präsentierten Erik und Manuel enthusiastisch ihre Vision.

«Dieses Rennen wird mehr als nur ein Wettbewerb sein», erklärte Erik. «Es

wird ein Fest der nachhaltigen Technologie und ein Schritt hin zu einer
umweltbewussteren Zukunft im Motorsport.»

Manuel ergänzte: «Wir haben bereits
Zusagen von führenden Herstellern
von Elektro- und Hybridfahrzeugen.
Zudem haben Umweltorganisationen
Interesse gezeigt, Teil des Events zu
sein. Dies ist eine großartige Gelegenheit, ein breites Publikum zu erreichen.»

Die Teilnehmer des Meetings, beeindruckt von der Leidenschaft und dem
Engagement des Duos, brachten ihre
Unterstützung zum Ausdruck. Sie diskutierten verschiedene Aspekte der
Veranstaltung, von der Sicherheit auf
der Strecke bis hin zu Marketingstrate-
gien.

Nach dem Meeting trat Sophia, die
nebenbei ihre eigenen Nachfor-
schungen über die Sicherheitsproto-
kolle auf der Rennstrecke begonnen

hatte, neben die beiden und fügte hinzu: «Ich bin so stolz auf euch. Und ich verspreche, ich werde jeden Stein umdrehen, um sicherzustellen, dass unser Rennen unter den sichersten Bedingungen stattfindet.»

Erik schaute dankbar zu seiner Schwester. «Ohne deine Unterstützung und dein Vertrauen wäre das alles nicht möglich gewesen, Sophia.»

Manuel stimmte zu. «Ja, Sophia, du bist ein wichtiger Teil dieses Teams. Dein Enthusiasmus und deine Perspektive sind unverzichtbar.»

Sophia nickte, erfreut über ihre Anerkennung, und gemeinsam verließen sie das Gebäude, erfüllt von einem Gefühl der Vorfreude und des Stolzes auf das, was sie erreichen würden.

Kapitel 6

In den Wochen, die dem großen Planungstreffen folgten, arbeiteten Erik, Manuel und das Team unermüdlich daran, das Rennen in die Realität umzusetzen. Sie trafen sich regelmäßig, um Fortschritte zu überprüfen und neue Ideen zu diskutieren.

Eines Nachmittags, als sie in Eriks Büro über die logistischen Details des Rennens sprachen, schlug Sophia eine innovative Idee vor. «Was haltet ihr davon, einen Wettbewerb für junge Ingenieure zu organisieren, bei dem es darum geht, die effizientesten und umweltfreundlichsten Rennwagenkonzepte zu entwerfen?»

Erik und Manuel sahen einander an, begeistert von der Idee.

«Das ist genial, Sophia», sagte Erik. «Es wäre eine großartige Möglichkeit, junge Talente zu fördern und gleichzeitig das

Bewusstsein für nachhaltige Technologien zu schärfen.»

«Und es passt perfekt zu unserem Ziel,
den Motorsport zu revolutionieren»,
fügte Manuel hinzu. «Lass uns das in
unser Programm aufnehmen.»

Als der Tag des Rennens näher rückte,
stieg die Aufregung. Die Rennstrecke
wurde vorbereitet, Sponsoren und
Medienpartner kündigten das Event
groß an, und die teilnehmenden Teams
begannen mit den letzten Vorbereitungen ihrer Fahrzeuge.

In einer ruhigen Minute, als sie allein
im Büro waren, blickte Manuel Erik tief
in die Augen.

«Was auch immer passiert, ich bin
unglaublich stolz auf das, was wir
erreicht haben», sagte er. «Gemeinsam
haben wir etwas wirklich Bedeutendes
geschaffen.»

Erik nahm Manuels Hand.

«Ja, das haben wir. Und egal, wie dieses Rennen ausgeht, ich weiß, dass wir auf dem richtigen Weg sind.»

Die Tage bis zum Rennen vergingen wie im Flug. Erik und Manuel waren voller Vorfreude und Anspannung, als sie die letzten Vorbereitungen trafen. Die Rennstrecke war nun bereit, ein Schauplatz moderner Technologie und umweltbewusster Innovation.

Am Vorabend des Rennens trafen sich Erik, Manuel und das gesamte Organisationsteam zu einem finalen Meeting. Sie überprüften jeden Aspekt des bevorstehenden Tages, von der Sicherheit auf der Strecke bis hin zur Koordination der Live-Übertragung.

«Dies wird mehr als nur ein Rennen», sagte Erik, während er die Anwesenden anschaute. «Es ist der Beginn einer neuen Ära im Motorsport. Wir setzen ein Zeichen für die Zukunft.»

Manuel nickte zustimmend.

«Unsere harte Arbeit und unser Engagement haben uns hierher gebracht. Morgen zeigen wir der Welt, was mit Leidenschaft und Innovation möglich ist.»

Sophia, die ebenfalls anwesend war, fügte hinzu: «Ihr habt bewiesen, dass man große Dinge erreichen kann, wenn man an seine Träume glaubt.»

Nach dem Meeting blieben Erik und Manuel noch einen Moment zurück, um den Tag Revue passieren zu lassen. Sie standen nebeneinander, blickten auf die erleuchtete Rennstrecke hinaus und spürten die Energie und die Erwartungen, die in der Luft lagen.

«Was auch immer morgen geschieht», sagte Manuel leise, «ich weiß, dass wir unser Bestes gegeben haben. Und dass wir es zusammen getan haben.»

Erik sah Manuel an, Dankbarkeit und Liebe in seinen Augen.

«Ja, zusammen. Du hast mir so viel mehr gegeben, als ich je erwartet hätte.

Nicht nur in unserer Arbeit, sondern auch in meinem Leben.»

Kapitel 7

Der Morgen des Rennens begrüßte Erik und Manuel mit einem Himmel, der so klar und weit war, wie die Möglichkeiten, die vor ihnen lagen.

Erik stand am Fenster seines Hotelzimmers und blickte auf die Rennstrecke, ein Gefühl der Erwartung in seiner Brust. Heute war nicht nur ein Wendepunkt für ihre umweltfreundliche Motorsport-Initiative, sondern auch ein persönlicher Meilenstein.

Manuel, der neben ihm stand, beobachtete Erik mit einem sanften Lächeln. «Bist du bereit?», fragte er.

«Mehr als das», antwortete Erik, drehte sich zu Manuel um und ergriff seine Hand. «Es geht um so viel mehr als nur das Rennen heute. Es geht um unsere Zukunft, um das, was wir zusammen aufbauen.»

In diesem Moment klopfte Sophia leise an die Tür und trat ein. Ihre Augen leuchteten vor Stolz und Aufregung.

«Heute ist ein großer Tag, Erik. Du und Manuel, ihr verändert die Welt.»

Erik nickte, erfüllt von der Unterstützung seiner Schwester. Sophia hatte sich in den letzten Monaten als wertvolle Verbündete erwiesen, nicht nur in ihrer Rolle als Eriks Schwester, sondern auch als enthusiastische Unterstützerin ihrer Sache.

«Wir alle tun das», erwiderte Erik. «Jeder von uns trägt etwas bei. Heute ist nur ein weiterer Schritt in die richtige Richtung.»

Gemeinsam machten sie sich auf den Weg zur Rennstrecke. Die Atmosphäre war elektrisierend, ein Gemisch aus Anspannung und Vorfreude. Erik konnte die Blicke spüren – einige voller Bewunderung, andere skeptisch. Unter ihnen war Marco, dessen Blick Erik kurz einfing.

Es war ein kurzer, aber intensiver Moment, in dem unausgesprochene Worte und Herausforderungen in der Luft lagen.

Doch Erik ließ sich nicht beirren. Heute ging es um mehr als nur Rivalitäten. Es ging um die Zukunft, um Veränderung, um Hoffnung.

Die Rennstrecke war ein Wirbel aus Farben und Geräuschen, als Erik, Manuel und Sophia ankamen. Teams und Techniker waren in hektischer Betriebsamkeit, während sie die letzten Vorbereitungen an den futuristischen Fahrzeugen trafen. Erik konnte die Aufregung in der Luft förmlich spüren, als er sich auf den Weg zu seinem Rennwagen machte, einem glänzenden Meisterwerk der Technik und Nachhaltigkeit.

Manuel und Sophia begleiteten ihn, ihre Unterstützung war eine stetige Quelle der Stärke.

«Du zeigst ihnen heute, was möglich ist», sagte Manuel, während sie durch die Boxengasse gingen.

Sophia, die in den letzten Monaten eine tiefe Leidenschaft für die umweltfreundliche Seite des Sports entwickelt hatte, fügte hinzu: «Nicht nur das. Du zeigst, dass Veränderung beginnt, wenn jemand den ersten Schritt macht.»

Erik nickte, seine Gedanken ganz bei dem bevorstehenden Rennen. Er wusste, dass heute mehr auf dem Spiel stand als nur seine persönliche Leistung. Es ging um eine Botschaft, um die Zukunft eines Sports, der am Beginn einer neuen Ära stand.

Während Erik darauf wartete, dass es losging, beobachtete er die anderen Fahrer, darunter auch Marco. Sie hatten seit Jahren eine angespannte Rivalität, aber heute fühlte es sich anders an. Erik war sich bewusst, dass es nicht nur um den Wettbewerb ging, sondern um die

Darstellung ihrer jeweiligen Visionen für den Sport.

Das Signal für die Fahrer, sich bereit zu machen, ertönte, und Erik schloss für einen Moment die Augen, sammelte sich. Als er sie wieder öffnete, war sein Blick fest und entschlossen.

«Viel Glück», sagte Manuel und umarmte ihn kurz.

«Gib alles», ergänzte Sophia, ihre Augen strahlten vor Stolz.

Mit einem letzten Blick auf sie stieg Erik in seinen Wagen. Er setzte den Helm auf, seine Hände umklammerten das Lenkrad. Das Summen des Elektromotors war ein leises Versprechen der bevorstehenden Geschwindigkeit.

Als das Rennen begann, schossen die Fahrzeuge vorwärts. Erik konzentrierte sich auf jede Kurve, jede Beschleunigung. Die Welt um ihn herum verschwamm zu einem Rausch aus Farben und Geräuschen, aber sein Geist war klar und fokussiert.

Manuel und Sophia, jetzt in der Box, beobachteten jedes Manöver auf den Bildschirmen. Sie sahen, wie Erik sich durch das Feld kämpfte, immer näher an die Spitze rückend. Mit jeder Runde wuchs ihre Aufregung, ihre Hoffnungen und Träume mit ihm auf der Strecke.

Die Atmosphäre auf der Rennstrecke war elektrisch, als Erik in die letzte Runde einbog. Er war an der Spitze des Feldes, sein Fahrzeug ein blitzender Pfeil aus Stahl und Hoffnung. Manuel und Sophia verfolgten jede seiner Bewegungen von der Box aus, ihre Herzen schlugen im Takt mit Eriks Rhythmus auf der Strecke.

Erik fühlte sich in diesem Moment unbesiegbar, jeder Teil seines Körpers und Geistes war eins mit dem Rennwagen.

Doch plötzlich, ohne Vorwarnung, begann sein Fahrzeug zu zittern und aus der Bahn zu geraten. Erik kämpfte

verzweifelt, um die Kontrolle zurück-
zugewinnen, seine Instinkte auf höchs-
ter Alarmbereitschaft. Doch es war, als
würde das Auto sich gegen ihn
wenden.

In der Box sahen Manuel und Sophia
entsetzt zu, wie Eriks Wagen von der
Strecke abkam und sich überschlug. Ein
Schrei entwich Sophias Lippen, während Manuel, bleich vor Schock, nur
stumm zusehen konnte.

Das Auto kam schließlich zum Still-
stand, ein verwüsteter Haufen aus
Metall und zerbrochenen Träumen. Die
Rettungskräfte eilten herbei, während
eine betäubte Stille die Menge erfasste.

Manuel und Sophia rannten zur Unfall-
stelle, ihr Herz voll Angst um Erik. Als
sie ihn im Wrack liegen sahen, spürten
sie beide einen stechenden Schmerz.
Erik war reglos, sein Körper gefangen
in den Überresten des Fahrzeugs, das
ihn einst zum Sieg führen sollte.

Sophia hielt die Hand vor den Mund, Tränen strömten über ihre Wangen, während Manuel, der normalerweise so stark war, sich hilflos fühlte. Sie beobachteten, wie die Rettungskräfte arbeiteten, um Erik zu befreien und zu versorgen.

Als Erik schließlich auf einer Trage weggebracht wurde, folgten sie ihm, getrieben von Sorge und der brennenden Frage, was zu diesem furchtbaren Unfall geführt hatte. In diesem Moment des Schreckens und der Unsicherheit hielten sie zusammen, fest entschlossen, für Erik da zu sein und Antworten zu finden.

Im Krankenhaus herrschte eine beklemmende Stille, als Manuel und Sophia auf Nachrichten über Eriks Zustand warteten. Die Wände des Wartezimmers schienen die Spannung und Sorge widerzuspiegeln, die in ihnen brodelte. Manuel, normalerweise ein Fels in der Brandung, fühlte sich hilflos, während

Sophia, die Tränen zurückhaltend, Erik's Hand festhielt, als er bewusstlos im Krankenbett lag.

Die Diagnose des Arztes war ernüchternd: Erik hatte mehrere schwere Verletzungen erlitten, darunter ein komplizierter Beinbruch und eine Gehirnerschütterung. Die nächsten Stunden würden entscheidend sein.

Manuel und Sophia wechselten sich am Krankenbett ab, hielten Wache, sprachen leise Worte der Ermutigung und der Hoffnung, auch wenn Erik sie nicht hören konnte. Sie waren fest entschlossen, an seiner Seite zu bleiben, bis er die Augen öffnete.

In den langen Stunden des Wartens reflektierten sie über die Ereignisse, die zu diesem Punkt geführt hatten. Manuel dachte nach über die vielen Herausforderungen, die sie gemeinsam gemeistert hatten, und über die tiefe Verbindung, die zwischen ihm und Erik entstanden war. Sophia hingegen war voller Bewunderung für ihren Bruder, der so viel riskiert hatte, um seine Träume und Überzeugungen zu verwirklichen.

Als Erik schließlich die Augen öffnete, waren Erleichterung und Freude in ihren Gesichtern zu lesen. Sein erster Blick suchte Manuel, ein schwaches Lächeln umspielte seine Lippen, als er seine Hand fand. «Manuel», flüsterte er heiser.

«Ich bin hier, Erik. Wir sind beide hier», antwortete Manuel, Tränen der Erleichterung in den Augen.

Sophia, die an Eriks anderer Seite stand, legte ihre Hand auf seine Schulter.

«Du bist ein Kämpfer, Bruder. Wir werden das zusammen durchstehen.»

In den folgenden Tagen begann die Untersuchung des Unfalls. Die Polizei und die Rennveranstalter nahmen die Überreste von Eriks Wagen genau unter die Lupe. Die ersten Erkenntnisse deuteten darauf hin, dass es sich nicht um einen gewöhnlichen Unfall handelte.

Es gab Hinweise auf Sabotage.

Kapitel 8

In den Tagen, die auf Eriks Unfall folgten, verdichteten sich diese Hinweise. Die Untersuchung des Wracks hatte ergeben, dass entscheidende Systeme des Fahrzeugs manipuliert worden waren. Diese schockierende Entdeckung löste eine Welle der Spekulationen aus, und ein Name stand im Zentrum dieser Vermutungen: Marco.

Manuel und Sophia, die Erik im Krankenhaus unterstützten, waren von den Neuigkeiten tief betroffen.

«Es ist schwer zu glauben, dass Marco so etwas tun könnte», sagte Sophia, während sie besorgt am Fenster des Krankenzimmers stand.

«Seine Feindseligkeit gegenüber Erik und auch zu mir war immer offensichtlich», erwiderte Manuel nachdenklich. «Aber von Feindseligkeit zu Sabotage und damit auch schwerer Körperverletzung ist ein großer Schritt.»

Erik, der noch immer mit den Folgen des Unfalls kämpfte, hörte ihre Worte und fühlte eine Mischung aus Enttäuschung und Zorn.

«Marco und ich hatten unsere Differenzen, aber ich hätte nie gedacht, dass er zu solch extremen Maßnahmen greifen würde», sagte er mit schwacher Stimme.

Die Polizei hatte Marco bereits befragt, aber ohne konkrete Beweise war es schwierig, irgendeine Anschuldigung aufrechtzuerhalten.

In der Zwischenzeit begannen sich in der Rennsport-Community Spaltungen abzuzeichnen. Einige standen fest hinter Erik und seinem Engagement für den umweltfreundlichen Motorsport, während andere skeptisch gegenüber den Veränderungen waren, die Erik und Manuel vorantrieben.

Die Spannungen, die unter der Oberfläche schwelten, drohten nun offen auszubrechen.

Bei einem Social Media Posting wurde Erik markiert und als Lügner bezeichnet. Obwohl er nirgends öffentlich behauptet hatte, dass er Marco für den Unfall verantwortlich machte, warf man ihm genau das vor.

«Marco ist ein toller Mann. Er würde niemals so gegen jemanden vorgehen, der sowieso keine Chance gegen ihn hätte», schrieb die junge Frau, die wohl schon lange ein Fan von Marco war. Ihr Posting gefiel viel zu vielen Menschen.

Erik, obwohl physisch geschwächt, spürte eine neue Entschlossenheit in sich aufsteigen. Er wusste, dass die Wahrheit ans Licht kommen musste, nicht nur für seine persönliche Gerechtigkeit, sondern auch für die Zukunft des Sports, den er liebte.

Während Erik langsam im Krankenhaus seine Kräfte zurückerlangte, intensivierten sich die Ermittlungen zum Unfall. Sophia hatte sich auf eine eigene Mission begeben, um Hinweise zu sammeln. Sie traf sich mit Mitgliedern des Rennteams, Mechanikern und anderen Fahrern, die möglicherweise etwas über Marcos Aktivitäten wussten.

Sophia betrat die Werkstatt, wo der Mechaniker, ein langjähriger Bekannter der Familie, an einem Motor arbeitete. Er sah müde und besorgt aus. «Hallo, Sophia», begrüßte er sie, wobei seine Stimme etwas angespannt klang.

«Hallo, Markus. Ich hoffe, es ist ein guter Zeitpunkt», begann Sophia vorsichtig. «Ich brauche deine Hilfe. Es geht um Erik.»

Markus seufzte und wischte sich die Hände an einem Tuch ab.

«Ich habe gehört, was passiert ist. Schreckliche Sache.»

Sophia trat näher. «Ich habe Grund zu der Annahme, dass Marco etwas damit zu tun haben könnte. Hast du in letzter Zeit etwas Ungewöhnliches bemerkt?»

Markus blickte sich nervös um, bevor er antwortete.

«Nun, ich sollte das vielleicht nicht sagen, aber Marco hat sich in letzter Zeit seltsam verhalten. Er war oft nachts hier und hat an Eriks Wagen gearbeitet. Ich dachte mir nichts dabei, aber jetzt… »

«Warum hast du das niemandem erzählt?», fragte Sophia, ihre Augen weiteten sich.

«Ich war mir nicht sicher, ob ich das richtig interpretiere», gestand Markus. «Außerdem hatte ich Angst vor den Konsequenzen. Wenn Marco dahintersteckt…»

Sophia legte eine Hand auf seinen Arm. «Markus, es ist wirklich wichtig, dass du der Polizei davon erzählst. Was du gesehen hast, könnte entscheidend sein.»

Markus war unsicher. «Aber was ist, wenn ich dadurch Ärger bekomme? Was, wenn Marco…»

Sophia unterbrach ihn sanft. «Ich verstehe deine Sorgen, aber das Richtige zu tun ist wichtiger. Ich verspreche dir, Erik und ich werden dafür sorgen, dass du keine negativen Konsequenzen zu tragen hast. Die Wahrheit muss ans Licht kommen.»

Markus nickte langsam, seine Entscheidung sichtbar auf seinem Gesicht. «In Ordnung. Ich werde mit der Polizei reden. Für Erik.»

Sophia lächelte ihm dankbar zu. «Danke, Markus. Du tust das Richtige.»

Die Polizei nahm den Hinweis ernst und begann, tiefer in Marcos Aktivitäten zu graben. Zusätzliche Untersuchungen brachten neue Beweise ans Licht, die Marcos Verwicklung in den Vorfall bestätigten.

In der Zwischenzeit verbreitete sich die Nachricht von der möglichen Sabotage durch Marco in der Rennsportwelt. Die Community reagierte mit einem Gemisch aus Schock und Empörung. Einige lehnten die Vorwürfe ab, andere begannen, ihre Unterstützung für Erik und Manuel zu verstärken.

Für Erik war es ein bitterer Moment der Bestätigung. Er hatte immer gewusst, dass sein Streben nach Veränderung im Motorsport Widerstand hervorrufen würde, aber er hatte nie erwartet, dass es zu solch gefährlichen Konsequenzen führen könnte.

«Das ist mehr als nur ein persönlicher Angriff», sagte Erik leise, als er die neuesten Entwicklungen mit Manuel und Sophia besprach. «Das ist ein Angriff auf alles, was wir zu erreichen versuchen.»

Manuel, der neben ihm saß, nahm Eriks Hand.

«Wir lassen uns dadurch nicht stoppen», versicherte er. «Wir haben schon zu viel erreicht, um jetzt aufzugeben.

Außerdem wird die Polizei jetzt hoffentlich Marcos Beteiligung erkennen. Und dann wird ER gestoppt.»
Sophia, die ihre Rolle als Eriks Vertraute und Verbündete weiter ausbaute, stimmte zu. «Wir kämpfen weiter, für dich, für den Sport und für die Zukunft.»
Während Erik im Krankenhaus weiterhin an seiner Genesung arbeitete, nahm der Fall eine entscheidende Wendung. Die Polizei hatte genug Beweise gesammelt, um Marco offiziell als Hauptverdächtigen in der Sabotage von Eriks Auto zu benennen. Die Nachricht von Marcos Verhaftung verbreitete sich schnell und löste in der Rennsportgemeinschaft eine Welle der Bestürzung aus.
Erik, Manuel und Sophia empfanden eine Mischung aus Erleichterung und tiefer Traurigkeit, als sie die Nachricht hörten. «Ich kann immer noch nicht glauben, dass Marco mir das angetan

hat», sagte Erik leise, während er aus dem Krankenhausfenster auf die Stadt blickte.

«Es ist ein Schock», stimmte Manuel zu. «Aber es zeigt, wie weit manche Menschen gehen, um Veränderungen zu verhindern.»

Sophia, die sich während der gesamten Untersuchung als unermüdliche Unterstützerin erwiesen hatte, fügte hinzu: «Das Wichtigste ist, dass die Wahrheit jetzt ans Licht gekommen ist. Wir können endlich damit beginnen, das Geschehene hinter uns zu lassen und nach vorne zu blicken.»

In den folgenden Tagen besuchten Freunde, Kollegen und Fans Erik im Krankenhaus, um ihre Unterstützung und Solidarität zu bekunden. Die Nachricht von Marcos Verhaftung hatte viele in der Community dazu veranlasst, sich öffentlich hinter Erik und seine Vision für einen nachhaltigen Motorsport zu stellen.

Unterdessen bereitete sich Marco auf seinen Prozess vor. Die Beweislage gegen ihn war erdrückend, und viele, die ihn einst unterstützt hatten, wandten sich nun von ihm ab. Die bevorstehende Gerichtsverhandlung versprach, ein Meilenstein in der Geschichte des Motorsports zu werden, ein Kampf zwischen den Traditionen der Vergangenheit und den Visionen für die Zukunft.

Erik, der sich allmählich erholt hatte, fühlte sich gestärkt durch die Unterstützung, die er erhalten hatte.

«Das hier ist mehr als nur mein persönlicher Kampf», sagte er eines Tages zu Manuel und Sophia. «Es geht um die Zukunft unseres Sports, um die Sicherheit der Fahrer und um die Verantwortung, die wir gegenüber der nächsten Generation haben.»

Manuel nickte zustimmend.

«Und wir stehen an deiner Seite, Erik. Gemeinsam haben wir die Kraft, diesen Kampf zu führen und zu gewinnen.»
Sophia lächelte und ergriff ihre Hände.
«Wir sind ein Team, jetzt mehr denn je. Und gemeinsam werden wir zeigen, dass Gerechtigkeit und Wahrheit immer siegen.»
Mit der Gerichtsverhandlung gegen Marco erreichte die Spannung innerhalb der Rennsportgemeinschaft einen Höhepunkt. Die Medien berichteten ausführlich über den Fall, und die öffentliche Meinung kippte zunehmend zu Eriks Gunsten. Viele, die zuvor skeptisch gegenüber seiner Vision für einen umweltfreundlichen Motorsport gewesen waren, begannen nun, seine Anstrengungen und Ziele zu unterstützen.
Zusätzlich machte Marco den Fehler seine homophoben Äußerungen jetzt auch öffentlich zu äußern, was dazu führte, dass auch die wenigen Unter-

stützer sich von ihm abwandten, die er noch hatte.

Marco wurde schließlich wegen versuchten Mordes zu einer langen Haftstrafe verurteilt.

Inzwischen hatte Erik erhebliche Fortschritte bei seiner Genesung gemacht. Unter der aufopferungsvollen Pflege von Manuel und der ständigen Unterstützung von Sophia gewann er langsam seine Kraft und Entschlossenheit zurück. Der Tag seiner Entlassung aus dem Krankenhaus rückte näher, und mit ihm das Bewusstsein, dass ein neues Kapitel in seinem Leben und seiner Karriere begann.

«Ich habe so viel über mich selbst und über das, was wirklich zählt, gelernt», sagte Erik eines Abends zu Manuel und Sophia. «Dieser Unfall, so schrecklich er auch war, hat mir die Augen geöffnet. Es gibt so viel mehr, das wir erreichen können.»

Manuel, der Eriks Hand hielt, nickte zustimmend.

«Du hast so vielen Menschen Mut gemacht, Erik. Dein Kampf und dein Durchhaltevermögen haben bewiesen, dass Veränderung möglich ist.»

Sophia, die neben ihnen saß, fügte hinzu: «Du bist ein echter Held, Erik. Nicht nur auf der Rennstrecke, sondern auch im Leben.»

Als der Tag von Eriks Entlassung kam, wartete eine Gruppe von Reportern, Fans und Unterstützern vor dem Krankenhaus. Seine Geschichte hatte viele inspiriert, und seine Entschlossenheit, trotz der Widrigkeiten weiterzumachen, hatte ihm Respekt und Bewunderung eingebracht.

Erik, Manuel und Sophia traten gemeinsam aus dem Krankenhaus. Erik war noch etwas wackelig auf den Beinen, hatte aber ein Lächeln auf dem Gesicht. Er war überwältigt von der

herzlichen Begrüßung, die ihm zuteil-
wurde.

«Heute beginnt ein neuer Abschnitt für
uns alle», sagte Erik zu den versam-
melten Menschen. «Ein Abschnitt, in
dem wir gemeinsam für eine bessere,
sicherere und nachhaltigere Zukunft im
Motorsport kämpfen.»

Während sie gemeinsam das Kranken-
hausgelände verließen, waren sie sich
bewusst, dass der Weg vor ihnen nicht
leicht sein würde. Aber sie wussten
auch, dass sie, solange sie zusammen-
standen, jede Herausforderung bewälti-
gen konnten.

Epilog

Ein Jahr nach dem dramatischen Unfall und dem folgenden Rechtsstreit gegen Marco hatte sich vieles verändert. Erik, vollständig genesen, war zu einem prominenten Befürworter für Sicherheit und Nachhaltigkeit im Motorsport geworden.

Seine Beziehung zu Manuel hatte sich vertieft, und zusammen hatten sie eine Stiftung gegründet, die junge Talente im umweltfreundlichen Rennsport förderte.

Der Erfolg ihres ersten großen Projekts, eines Wettbewerbs für junge Ingenieure, hatte weit über die Grenzen des Motorsports hinaus Anerkennung gefunden. Die Gewinnerin, eine talentierte Jungingenieurin, hatte ein revolutionäres Konzept für einen umweltfreundlichen Rennwagen entwickelt, das neue Maßstäbe in der Branche setzte.

Die Geschichte ihrer Liebe und ihres gemeinsamen Kampfes hatte weit über die Grenzen des Rennsports hinaus Anerkennung gefunden. Sie waren zu Symbolen für Entschlossenheit, Veränderung und die Kraft der Liebe geworden.

Adrian, der sich auch schon lange Zeit zu Männern hingezogen fühlte, hatte sich nun auch öffentlich dazu bekannt.

«Ihr beiden seid ein großes Beispiel für viele», sagte er lächelnd. «Zu meiner Zeit durfte man noch nicht so offen zu seinen Überzeugungen stehen. Dank euch habe ich gemerkt, dass man sich nicht davon abhalten darf, zu fühlen, was man eben fühlt.»

An einem sonnigen Nachmittag standen Erik und Manuel vor einem Altar, umgeben von Familie, Freunden und vielen, die sie auf ihrer Reise unterstützt hatten. Sie gaben sich das Ja-Wort

in einer bewegenden Zeremonie, die
die Liebe und das Engagement, das sie
füreinander empfanden, feierte.

Sophia, die Trauzeugin, hielt eine
berührende Rede.

«Ihr habt bewiesen, dass Liebe und
Wahrheit selbst in den dunkelsten
Zeiten leuchten. Ihr seid nicht nur ein
Vorbild für mich, sondern für uns alle.»

Nach der Zeremonie standen Erik und
Manuel abseits, ihre Hände miteinander
verschränkt, während sie den
Sonnenuntergang betrachteten.

Erik blickte zu Manuel auf und sagte
leise: «Vor einem Jahr hätte ich mir nie
vorstellen können, dass wir hier stehen
würden. Du hast mein Leben in so
vielen wunderbaren Wegen bereichert.»

Manuel drückte Eriks Hand fester. «Ich
wusste immer, dass du etwas Besonderes
bist, Erik. Zusammen haben wir
mehr erreicht, als ich je für möglich
gehalten hätte.»

«Es ist mehr als das, was wir erreicht haben», erwiderte Erik, ein warmes Lächeln auf seinem Gesicht. «Es ist das, was wir zusammen sind. Du bist mein Anker, meine Inspiration.»

«Und du bist meine Kraft, mein Herz», sagte Manuel, während er Erik sanft umarmte. «Egal, was die Zukunft bringt, ich weiß, dass wir es zusammen meistern werden.»